AF246163

LA

CONCORDE

PAR

G. TOURNADE

PARIS

LIBRAIRIE ANDRÉ SAGNIER

9, RUE VIVIENNE, 9

—

1876

LA CONCORDE

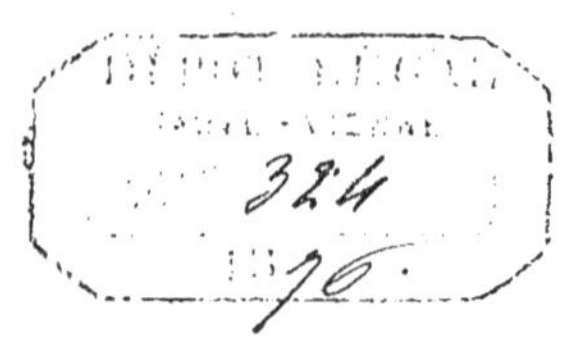

La France a prononcé qu'elle entendait rester maîtresse de ses des-
tinées. Les représentants qu'elle vient d'élire ont avant tout et doivent
avoir pour but d'assurer le maintien de la République, dont ils ont
pris le drapeau devant leurs électeurs. Ils y arriveront en unissant à la
fermeté la prudence, la modération et la conciliation.

Des amis maladroits ou des ennemis déguisés leur diront : « Vous
avez longtemps travaillé pour arriver au pouvoir et modifier les lois de
votre pays dans un sens que vous jugez favorable ; hâtez-vous de pro-
fiter maintenant de ce que vous êtes les maîtres de la situation ; changez,
ajoutez, retranchez sans aucune faiblesse ; le peuple est avec vous, puisqu'il connaissait vos principes et vous a voulus pour représentants. »

Quant à moi, si la voix d'un simple citoyen pouvait arriver jusqu'à
eux, voici ce que je leur dirais : « Usez modérément du pouvoir que
votre pays vous a donné afin qu'il vous le continue ; craignez que, par
des lois violentes, vous ne jetiez le désordre et la haine parmi vos con-
citoyens ; ne touchez pas brutalement aux appuis actuels de la société
qui, prise d'épouvante, pourrait se jeter encore une fois dans les bras
d'un maître. »

Il y a eu de grandes discussions, même parmi les républicains sin-
cères, sur le plus ou moins d'utilité des mesures prises par les hommes
de la première révolution. Je suis de ceux qui pensent que l'on ne doit
jamais condamner au hasard pour le bien de la justice, verser le sang
pour établir la fraternité et opprimer au nom de la liberté ; de ceux
qui pensent que la terreur fut plus fatale qu'utile à la République de
quatre-vingt-douze. Combien de fois depuis lors son spectre sanglant

ne s'est-il pas placé entre nous et la liberté qui nous tendait les bras ? On avait voulu frapper à jamais d'épouvante les ennemis d'un gouvernement libre ; mais on en avait du même coup dégoûté beaucoup de gens qui n'eûssent demandé qu'à l'aimer. De là vinrent, comme par une réaction fatale, les divers gouvernements despotiques qui se sont succédé chez nous depuis cette grande et terrible époque.

Il est utile de prendre les bons exemples partout où on les trouve, même chez les rois. L'un d'eux disait que l'on prenait plus de mouches avec une cuillerée de miel qu'avec un tonneau de vinaigre. Il donna du pain à ses ennemis, la liberté de conscience à tous les Français, et de ce moment commença, pour notre patrie, une ère de grandeur et de prospérité qui finit malheureusement lorsque Louis XIV voulut employer les sabres de ses dragons à la conversion de ses sujets.

Quoi qu'il en soit, si jamais des mesures violentes ont pu être excusables dans des dangers imminents et des conditions exceptionnelles, elles ne sauraient l'être maintenant.

L'ennemi est-il sur nos frontières et la trahison au milieu de nous ? Craint-on de voir se rallumer les bûchers de l'inquisition ? La tendance de nos mœurs fait-elle redouter de voir bientôt rétablir les droits seigneuriaux ? La faim ronge-t-elle la masse du peuple pendant que quelques privilégiés se vautrent dans tous les plaisirs et affichent un luxe insolent ? Non, certes, il faut en convenir à moins d'être insensé.

Les gouvernements monarchiques qui environnent la France, s'ils n'applaudissent pas (ce que l'on ne saurait leur demander) à la forme de gouvernement que la France vient de choisir, au moins n'ont en rien manifesté contre elle leur mauvais vouloir. Instruits par l'expérience, ils savent que les monarchies ne sont point solidaires, et que l'on ne gagne rien à vouloir violenter l'opinion d'un peuple entier. Le mieux est pour eux de redoubler de soins et de sollicitude pour le bonheur de leurs sujets. Qu'ils rivalisent ainsi avec les gouvernements républicains ; qu'ils montrent les bienfaits de la monarchie à côté des bienfaits de la République, et ils n'auront nul besoin de ruiner leur pays pour tenter d'étouffer celle-ci dans son germe.

Le clergé et la noblesse ont, il est vrai, tenté de reconquérir leur ancienne influence parmi nous ; mais le résultat des dernières élections montre que leur téntative a été assez vaine et qu'il n'y a pas un besoin bien pressant de leur fermer la bouche par des lois draconiennes.

Je ne prétendrai point qu'il n'y a rien à faire du côté du bien-être populaire, d'une répartition meilleure des choses nécessaires à la vie. Cependant il est juste de reconnaître que l'aisance générale des Français est actuellement au-dessus de ce qu'elle a jamais été ; au-dessus même de l'aisance d'aucun peuple de l'Europe. Par des lois radicales, telles que l'application du droit au travail, par exemple, on risquerait fort de la compromettre, au lieu de l'augmenter. Chez nous la loi et la charité s'unissent d'assez près pour laisser bien peu de malheureux sans secours : où la première finit, la seconde commence.

En somme, rien dans mon pays ne me semble aujourd'hui demander l'application de ce dicton vulgaire : aux grands maux, les grands remèdes.

En songeant aux programmes plus ou moins radicaux que l'on a vu défiler pendant la période électorale, je me suis représenté un convalescent assiégé par une multitude de docteurs lui apportant, presque tous, des remèdes plus violents les uns que les autres ; au lieu de laisser la nature et la liberté achever son rétablissement.

Ce convalescent n'est autre que le peuple Français qui, somme toute, après les rudes secousses qu'il a éprouvées, est en bonne voie de guérison. Ne la compromettez pas par des remèdes maladroits : l'hygiène doit y suffire.

Avant tout, point de vengeances, point de réaction : la République victorieuse ne doit plus avoir d'ennemis.

Le bien est un et identique pour tous : ce qui est bien pour les uns ne saurait être mauvais pour les autres, et réciproquement. C'est une harmonie universelle, à laquelle chaque note concourt si elle est bonne en elle-même ; qu'elle dérange si elle est mauvaise.

Que l'on adopte ce principe, on sera forcé de convenir que la vengeance est sûrement une folie. En effet, se venger est faire du mal aux autres ; et comme cela ne se peut sans que l'on s'en fasse à soi-même, un parti ou une nation qui se vengent peuvent fort bien être comparés à un fou furieux qui se déchirerait de ses propres mains.

Je prends un exemple de cette identité du bien :

Vous avez à votre disposition la nomination des officiers d'une compagnie qui doit aller au feu prochainement. Parmi les candidats aux postes de capitaine et de lieutenant se trouvent deux hommes que vous connaissez : l'un d'intelligence et d'énergie médiocres, mais que vous aimez ; l'autre plus prudent et plus ferme, mais que vous haïssez. Fidèle à votre rancune et à votre amitié, vous nommez au premier poste votre ami, au second seulement votre ennemi. Vous avez fait tort à celui-ci ; aurez-vous fait un bien réel à celui-là et à vous-même? Non, certes ; car le lendemain quand la compagnie ira au feu, le capitaine que vous aurez choisi prendra mal ses dispositions devant l'ennemi, et ne trouvera sur le champ de bataille que la honte ou la mort! Si vous aviez donné la première place à celui qui la méritait, votre ami aurait eu, sans doute, la gloire de vaincre au second rang, et vous eussiez vous-même bien servi votre patrie (1).

---

(1) On pourrait faire cette objection : ce manque de justice qui a été un mal pour votre armée, n'a-t-il pas été, au contraire, un bien pour l'armée ennemi? J'ai entendu parler plus particulièrement au point de vue du pays, de l'association nationale seule ; néanmoins je pense que ce que j'ai dit peut être appliqué à

Il y a en France une opinion funeste et assez générale : chaque classe de la société se figure que le bonheur est pour elle dans l'abaissement, sinon dans la ruine des autres. C'est une erreur, qu'outre la raison, l'histoire devrait nous apprendre à éviter. Quand la démocratie Romaine aida César à écraser la noblesse qu'elle enviait, se rendit-elle service à elle-même? Non : elle se donna, au contraire, un maître plus terrible que tous les nobles de Rome à la fois ; et les successeurs de cet homme perdirent la gloire et la grandeur du peuple qui fut le peuple roi, tant que lui-même n'eut pas de roi.

Soyez émules, mais pas ennemis : voilà ce que je voudrais dire à tous les Français, qu'ils soient artisans, bourgeois, nobles ou laboureurs.

Si un de vos membres est malade, sera-t-il de l'intérêt des autres de ne rien faire pour son soulagement? Non point ; car alors le mal s'étendrait peu à peu, et finirait par les gagner eux-mêmes ; ils périraient ainsi victimes de leur stupide égoïsme. Ils doivent, au contraire, se partager entre eux l'ouvrage du membre attaqué, afin qu'il se repose, et guérisse le plus promptement possible.

Or, une nation, pour être dans une situation favorable, devra toujours être composée de membres sains et bien proportionnés. Il ne faut pas que le sang et la vie affluent trop abondamment dans aucun d'eux aux dépens des autres : ce membre deviendrait difforme pendant que les autres seraient étiques, et la nation perdrait sa force en même temps que sa beauté.

En résumé, nous ne devons point voir des ennemis dans nos plus grands adversaires politiques, mais seulement des gens qui se trompent et mettent leur bien là où il n'est pas.

Une grande assemblée doit faire des lois, non d'intérêt de parti, non pas même d'intérêt général, mais bien d'intérêt commun.

Il y a beaucoup à faire dans cette voie, et il ne faut pas non plus que, par un modérantisme exagéré on laisse tout dans un *statu quo* éternel.

Il faut marcher, mais avec prudence.

Le premier intérêt de tous : c'est la liberté.

Représentant d'un peuple libre, faites des lois de liberté; n'étouffez

---

l'humanité entière. Ainsi, ce fut, je pense, un bien pour elle que la France fut victorieuse de ses ennemis en 1792; car ses ennemis eux-mêmes ont profité des idées d'égalité et de liberté qu'elle soutenait : il était cependant aussi de l'intérêt de chaque peuple ennemi de se défendre avec le plus grand honneur possible. Certes, en théorie il peut sembler bon qu'un sujet trouvant injuste la guerre que fait son pays refuse de la soutenir; mais cela ne saurait être mis en pratique sans amener un chaos universel. Les armées sont comme les avocats d'un grand procès dont Dieu se réserve le jugement : chacune d'elles doit plaider sa cause de son mieux.

pas même la voix de ses ennemis déclarés : la raison est sa sœur aînée et ne lui pourra jamais nuire.

N'imitez pas l'Église faisant brûler, par la main du bourreau, les livres qui lui étaient contraires, quand elle n'en brûlait pas les auteurs eux-mêmes.

N'imitez pas la Convention couvrant par le bruit des tambours la voix de Louis XVI sur l'échafaud.

Les gouvernements despotiques qui vous ont précédés étaient dans leur rôle quand ils ne voulaient point souffrir qu'on les mît en discussion ; mais vous, qui tenez vos pouvoirs du bon sens public, quelle serait votre excuse si vous l'empêchiez de juger en toutes choses ? Laissez les exagérations et les faux systèmes tomber sous son mépris. Ne frappez qu'une chose : le mensonge ! La philosophie et la religion sont au moins d'accord sur ceci : il n'est point de salut hors de la vérité ; point de salut pour les gouvernements et les peuples, pas plus que pour les individus.

Il n'y aurait certainement rien de bon à espérer d'une nation qui laisserait le mensonge public impuni.

Lorsqu'un journal ou un écrit quelconque a porté une allégation fausse, suffit-il qu'il la démente le lendemain ? Combien auront lu le mensonge qui ne liront pas la rétractation et seront entraînés à prendre une décision ou à porter un jugement reposant sur une erreur ?

On me dira qu'un journal peut aussi, lui, recevoir de fausses informations : qu'il les prenne mieux, c'est son métier. La carrière du journalisme est déjà trop encombrée de gens sans aveu (je ne dis ceci pour aucun parti) : elle le sera moins quand chaque journaliste sera forcé de prendre son œuvre au sérieux.

Il ne faut plus que la presse continue à étaler des mensonges entremêlés de grossières injures. Personne n'y peut gagner, et elle-même y perdrait la première ; elle finirait par ne plus inspirer au public qu'un dédain général, ce qui serait, sans doute, un malheur pour la France.

Après le soin de la liberté, vient celui de l'instruction publique. Ces deux biens sont inséparables et ne peuvent guère avoir de durée l'un sans l'autre : il est difficile de s'instruire, pour un peuple, quand il n'est pas libre, et sans l'instruction la liberté n'est point durable.

C'est par les soins donnés à l'éducation des enfants que l'on fait les grandes nations : tous les grands législateurs de tous les temps et de tous les pays l'ont compris.

Je ne doute pas que la nouvelle Chambre française ne fasse décréter la gratuité absolue de l'instruction primaire ; quant à la rendre obligatoire, cela me semble assez impraticable. Ce serait, au reste, la liberté individuelle écrasée sous la tyrannie de tous, qui est aussi funeste qu'aucune autre. Montrez aux parents les avantages de l'instruction ; faites honte à l'enfant qui n'apprend pas à lire, et dans peu d'années vous n'en trouverez plus.

Il ne suffit point de faire enseigner à vos écoliers la lecture, l'écriture et le calcul; il faut aussi leur apprendre ce qu'ils sont, ce qu'ils doivent au pays, et ce que le pays leur doit.

Il faut leur faire comprendre que la France est une grande famille de laquelle ils font tous partie, qu'ils seront un jour appelé à défendre, au bonheur et à la gloire de laquelle ils devront tous travailler, chacun selon ses moyens.

Il faut leur dire qu'ils ne doivent point haïr ceux qui sont au-dessus d'eux, ni mépriser ceux qui sont au-dessous; mais, bien au contraire, se secourir les uns les autres; soutenir le faible et le pauvre, de même qu'un frère aîné prend son petit frère par la main, l'aide à marcher, et détourne de son mieux les ronces et les épines qui déchireraient ses membres; respecter le bien d'autrui, puisqu'ils veulent qu'on respecte le leur; aimer la vérité et redouter plus que la mort de faire de faux serments; se garder d'aucune violence quand ils croiront avoir éprouvé un tort, mais ne jamais redouter d'élever la voix pour avoir justice d'un homme, si grand et si puissant qu'il soit, la justice de la nation étant toujours au-dessus. Répétez-leur souvent que, s'ils veulent être heureux et libres, il faut qu'ils soient sobres, honnêtes et laborieux.

Dans nos lycées, ne craignez pas de donner une large place à la poésie, à la philosophie et à l'histoire. Que l'on n'y parle pas seulement à la mémoire des jeunes gens, mais aussi à leur cœur. Mettez-leur souvent sous les yeux ces grands ouvrages modernes qui parlent de Dieu, de la patrie et de la liberté. Qu'on leur apprenne à penser par eux-mêmes, et à ne pas accepter servilement les idées des autres; à distinguer ce qu'il y a eu de bon et de grand dans chaque peuple; à reconnaître cette justice éternelle qui brise comme les individus les nations qui ont abandonné le sentier de la vertu.

Ne sacrifiez pas l'enseignement mécanique, mais ne tournez pas l'intelligence dans ce seul sens : vous prépareriez une nation machine ou insensée. La France de 1870 a trop malheureusement montré qu'un peuple pouvait être très commerçant et très industriel, sans être pour cela un grand peuple.

La civilisation morale doit être au niveau de la civilisation matérielle.

Le sauvage qui sait à peine frapper deux cailloux l'un contre l'autre pour en tirer une étincelle, est certainement moins malheureux que l'homme prétendu civilisé, tel qu'on l'a vu de nos jours : faible, inquiet, vaniteux, incapable de vouloir par lui-même ou d'obéir, et dont les désirs de bien-être matériel et de volupté grandissent sans cesse, hors de proportion avec tous les moyens qu'il invente pour les satisfaire.

Faites aimer avant tout le vrai, le grand, le bien et le beau. Vous verrez alors s'élever, peu à peu, une génération saine et forte, également propre à la paix et à la guerre; une génération qui ne sera plus nerveuse et agitée comme celle qui la précédait; fatigante pour elle-même et pour ce qui l'entoure; à la fois avide d'émotions et incapable de les soutenir. Elle préférera l'ordre, le travail et la tranquillité aux fanfares de la renommée ; mais si jamais l'étranger venait attaquer son indépendance ou son honneur, elle se dresserait tout entière, fière et terrible devant lui.

Il ne faut plus, à l'avenir, dans l'intérêt du pays, dans l'intérêt de tous, que la fortune continue à donner seule la possibilité et en quelque sorte le droit d'arriver aux études élevées, qui précèdent l'admission aux emplois de l'État et aux premières positions sociales.

Il faut que l'on choisisse, parmi les enfants pauvres des villes et des campagnes, ceux qui montrent des aptitudes remarquables, afin de les faire arriver à la place pour laquelle la nature semble les avoir créés.

Que vos instituteurs mettent leurs soins à les reconnaître ; qu'ils les désignent à qui de droit ; puis qu'un concours public, vraiment sérieux et impartial, décide ceux qui devront poursuivre leurs études aux frais de l'État, qui déclarera se charger de leur avenir.

Si, plus tard, quelques-uns des enfants que vous aurez choisis se montrent au-dessous de ce que vous aviez préjugé d'eux, s'ils sont arrêtés par quelque incapacité physique ou même par leur propre mauvais vouloir, ne les abandonnez pas brusquement pour cela : vous auriez fait des déclassés, dangereux pour eux-mêmes et pour les autres ; donnez-leur les moyens de gagner honnêtement leur existence, suivant l'instruction qu'ils auront acquise.

Combien de bons officiers, de bons ingénieurs, de grands magistrats, d'excellents administrateurs, pourraient provenir d'une telle mesure, qui permettrait à la sève généreuse de sortir des racines de la nation, de monter dans la cîme, et d'en féconder les rameaux ; qui dissiperait la haine du prolétaire contre les hautes classes de la société, puisqu'il saurait que son fils y peut être admis, si Dieu lui donne l'intelligence nécessaire.

Personne ne saurait y trouver à redire, parce que personne n'y saurait perdre. L'intérêt de tous est, en effet, que chacun soit à sa place. Tel homme qui n'est qu'un médiocre ouvrier, sombre, mécontent, haineux, enclin à la rébellion contre toutes les lois de la société, eût pu en devenir l'ornement ou le soutien, si l'ignorance ne l'avait empêché de suivre sa voie. C'est un tort que de dire : qui peut le plus peut le moins.

Enfermez dans un étroit espace un passereau et un aigle : le premier volera gracieusement de droite et de gauche, tandis que le second tantôt restera immobile, tantôt s'élèvera à quelques pieds de terre pour retomber ensuite lourdement, après s'être meurtri contre les barreaux de sa cage. Ce sera pitié de le voir impuissant et souillé de boue. Mais ouvrez la grille, rompez la barrière et d'un seul coup de ses puissantes ailes il s'élèvera majestueusement dans les airs.

Il est bon que les classes supérieures soient honorées et influentes ; mais il faut aussi qu'elles sachent admettre dans leur sein toute supériorité naturelle. Si elles ne sont pas vivifiées par le courant populaire, le marasme s'emparera d'elles et elles mourront entraînant sans doute le pays dans leur ruine.

Que tout soit au plus digne, c'est là qu'est l'avenir.

Quels regrets ne devaient pas avoir ces hommes qui, jadis, nommaient arbitrairement aux emplois élevés des parents, des amis incapables, quand, l'heure du danger venue, ils voyaient leurs champs ravagés et la patrie sur le point d'expirer par les fautes des impuissants qu'ils avaient protégés? S'ils venaient à penser qu'un homme un jour, durement repoussé par eux dans la foule, eût pu les sauver maintenant, s'ils lui en avaient donné le moyen, eût pu défendre leurs biens et leur vie, et faire que leurs enfants dormissent paisiblement dans leur berceau, sans doute, ils devaient maudire tardivement le fatal pouvoir dont ils avaient si mal usé !

Entre deux concurrents pour un emploi, s'ils sont de mérites égaux et que l'un soit le fils d'un homme ayant sauvé la patrie, préférez-le à l'autre : la reconnaissance est une vertu qui peut aller avec la liberté, mais à mérites inégaux n'hésitez jamais.

Après la liberté et l'instruction, ce qui importe le plus est le bien-être de la masse.

La misère a plusieurs causes, mais les principales sont, sans contredit, la débauche, le désordre et la paresse; c'est dans ces vices qu'il faut l'attaquer avant tout.

Le plus puissant moyen de les vaincre sera cette instruction saine que vous répandrez gratuitement partout, et qui, comme la lumière bienfaisante du soleil, aidera les plantes utiles à se développer, et à étouffer entre elle les plantes venimeuses et malfaisantes qui ne croissent le plus souvent qu'à l'ombre.

Il faut encore que, sorti de l'école, l'ouvrier ait sans cesse autour de lui les sages conseils qu'il y trouvait. Encouragez donc, par tous les moyens en votre pouvoir, les publications saines et honnêtes. Que le livre utile et de prix très modique, sinon gratuit, porte partout l'encouragement au travail, à la tempérance, à l'économie, à l'amour du bien public ; vous verrez moins de ces malheureux qui dépensent dans un jour le fruit d'une semaine de travail, et restent ensuite inertes et plongés dans l'abrutissement, pendant que leurs enfants manquent de pain ; cela, jusqu'à ce que la maladie amenée par les excès les clouent sur un lit de douleur et laisse leur famille sans guide et sans soutien. Les bibliothèques publiques ont leur utilité, mais le livre lu à haute voix, au coin du foyer, après le repas du soir, produira toujours un bien meilleur effet que s'il est lu dans une bibliothèque encombrée, où le lecteur ne peut communiquer à personne ses réflexions.

Il serait bien aussi de chercher à moraliser le peuple dans ses lieux de récréation. Si vous lui annoncez un sermon, il ne viendra souvent pas et vous laissera prêcher dans le désert ; tandis que si vous lui annoncez un plaisir il viendra certainement, et vous pourrez lui dire en l'amusant ce qui eût été le sujet de votre sermon.

En écoutant ces chansons à la fois grossières, triviales et insensées, qui ont fait le tour de la France, il m'est parfois venu à l'esprit que la République pourrait avoir, dans chaque centre industriel, un lieu de réunion publique, où, pour une somme très minime, l'ouvrier viendrait, après son travail, entendre de véritables chants français, où le langage, le bon sens et la morale ne seraient plus insultés à la fois, comme dans les chansons dont j'ai parlé, qui semblent à vrai dire les cris grotesques et bizarres d'un peuple saisi par le délire.

Les terreurs d'un gouvernement despotique ne viendraient plus là étouffer le noble enthousiasme causé par les chants de la liberté; riches et pauvres battraient des mains quand le génie de la poésie et celui de la musique, déployant librement leurs ailes, rediraient ensemble les grands souvenirs de la France, les glorieux martyrs de toutes les tyrannies, les joies du travail, de l'amour et de la paix.

Beaucoup de prolétaires y viendraient passer leur temps de loisir, au lieu d'aller prendre des boissons malsaines et écouter d'infâmes plaisanteries. Je ne voudrais pas que le rire en fut banni, mais seulement le rire insensé. Sous une forme originale et spirituelle, la chanson fronderait l'hypocrisie, la richesse égoïste et la sotte vanité.

Malgré l'amélioration morale des classes ouvrières, il restera sans doute des bras involontairement inoccupés. Pour remédier à ce mal, l'Etat et les communes doivent s'entr'aider afin d'entreprendre sans cesse d'utiles travaux publics.

Que de nouvelles routes soient percées dans les contrées où les communications sont encore difficiles; que des chemins pierrés viennent partout relier les petites localités avec les lignes ferrées dont elles sont proches. Multipliez ces lignes elles-mêmes avec impartialité, en tenant compte autant que cela se peut des intérêts froissés par les grands déplacements d'activité qu'elles entraînent; car, en toute justice, la masse qui gagne à une modification quelconque, doit indemniser les particuliers que ruine cette même modification.

Cela part du principe au nom duquel on indemnise, après une guerre, ceux qui ont souffert pour tous, soit dans leurs biens, soit dans leur personne. L'intérêt public ne prime point les intérêts privés qui le composent; on ne saurait, sans injustice, sacrifier un ou plusieurs d'entre eux aux autres.

Outre les routes et les chemins de fer, combien de travaux publics restent à accomplir! Ici, manque un hospice; là, les malades recueillis par la charité publique sont dans des salles malsaines ou mal distribuées; ils sont rendus trop brusquement à leur dur labeur et aux tentations de la débauche.

La multiplication des maisons de convalescence serait une œuvre vraiment populaire et digne d'une République Française; on en pourrait faire un magnifique usage pour la moralisation populaire. Dans un air plus pur que celui des cités, au milieu de la verdure et des fleurs, le malade, à peine échappé des bras de la douleur et de la mort, redevenu en quelque sorte naïf et enfant par la faiblesse de ses organes, écouterait mieux que partout ailleurs la voix amie qui lui parlerait de la sagesse et de la raison, que ce fût celle du philosophe ou celle du vrai chrétien. Il sentirait renaître en lui la force morale, en même temps que l'énergie physique, et reconnaîtrait la sollicitude de sa patrie pour lui, en rougissant d'en avoir abusé, si la débauche avait causé ses maux.

Dans certaines parties de la France, les écoles se trouvent trop éloignées les unes des autres, en sorte que beaucoup d'enfants ne peuvent s'y rendre régulièrement. Outre la longueur du chemin, il leur faut braver souvent le froid, la pluie ou l'orage, et risquer leur vie pour aller apprendre à lire. Il serait nécessaire de remédier à un pareil inconvénient par la construction d'écoles dans les villages éloignés des écoles existantes, en même temps que d'aérer et d'assainir la plupart de celles-ci ; car l'instruction des enfants n'importe pas seulement, mais aussi leur santé et celle de leurs maîtres.

Dans plusieurs de nos villes importantes, on voit encore des carrefours sombres et infects ; les yeux du passant se détournent avec dégoût de leurs murs, tandis que sa poitrine se contracte pour éviter de respirer un air corrompu.

En les ouvrant au soleil et à la vie, on travaillerait à la fois à la salubrité et à la sûreté publique, car ils semblent une cause autant qu'un refuge de la misère et du crime. On m'objecterait en vain que des mesures pareilles amènent souvent pour les classes pauvres une grande difficulté pour se procurer des logements proportionnés à leurs ressources, car il faudrait dire alors que le salaire de la plupart des travailleurs ne peut leur procurer le nécessaire, une nourriture, des vêtements et un logement sains, ce qui n'est pas ou en tout cas ne doit pas être.

De toutes parts, nos fleuves roulent à la mer une grande abondance de débris de toute nature. Ils appauvrissent ainsi lentement, mais continuellement notre sol, en même temps ils sont un danger terrible par leurs fréquentes inondations.

On remédierait, sans doute, à ce double mal par des travaux réunissant la puissance et l'énergie romaine, aux ressources et à l'invention moderne. On pourrait employer tour à tour à de tels travaux une partie des troupes de l'armée active : ce fut ainsi que Marius ramena aux légions vaincues le courage, la discipline et la victoire. Laisser des soldats dans l'oisiveté, c'est les énerver et les engourdir ; les tenir à des manœuvres continuelles, c'est les leur rendre insipides.

Un des meilleurs moyens de combattre la misère qui existe dans les villes est d'empêcher autant que possible l'encombrement qui y règne.

C'est, en effet, presque toujours un mal que l'ouvrier des champs quitte son village pour les rues et les ateliers. La nature est un livre toujours ouvert sous les yeux du cultivateur, livre qui l'exhorte sans cesse au travail, au calme et à la paix ; tandis que, dans les villes, son inexpérience et sa naïveté le laissent souvent sans défense contre tous les mauvais conseils. Au lieu de continuer de faire porter à la terre les choses vraiment utiles à tous, il vient contribuer maladroitement à un luxe d'une utilité contestable, et dont la vue lui apprend presque fatalement la haine et l'envie.

Les corporations bien entendues et soutenues peuvent aussi venir puissamment en aide à l'égale répartition du travail, et au soulagement des misères accidentelles. Par une faible retenue sur le salaire journalier de chacun de leurs membres elles se constitueraient un capital destiné à faire face aux crises communes, comme aux malheurs individuels. Elles tiendraient à honneur que l'on ne vit plus mendier sur nos routes l'ouvrier infirme ou âgé. Le vétéran du travail pourrait ainsi avoir une retraite qu'il mérite, sans doute, autant que le vétéran des combats.

On a déjà employé ces divers moyens de donner le nécessaire à tous, mais il y aurait à les réunir, à les coordonner de façon qu'ils se prétassent une aide mutuelle et régulière.

Malgré tous les débouchés offerts dans le pays à toutes les branches de l'activité humaine, il s'y trouvera encore des esprits ardents et indociles, ne pouvant guère se plier aux allures régulières de la civilisation et de la paix, pour lesquels ils sont dangereux quand on ne sait pas donner carrière à leur nature aventureuse et hardie ; mais qu'ils servent souvent mieux que d'autres quand on leur en donne les moyens. Faites qu'ils travaillent, sinon à l'agrandissement, au moins à l'avantage et à l'honneur de la France.

Ne laissez pas à d'autres nations la gloire d'augmenter les connaissances géographiques et ne marchandez plus parcimonieusement l'encouragement ou la récompense aux hardis explorateurs de la terre ou de l'Océan. Rappelez-vous que sous l'ancienne monarchie, l'or prodigué dans une fête eût peut-être pu, dans certains moments, servir à acheter un monde à la France.

S'il est maintenant assez difficile de fonder de nouvelles colonies, on doit au moins essayer d'accroître la prospérité de celles que l'on a déjà. Ainsi, l'Algérie nous a jusqu'à présent peu indemnisé de tout le sang qu'elle nous a coûté, par suite du manque de sécurité pour le colonage. En établissant sur ses frontières une suite d'exploitations libres quant à la culture, mais reliées entre elles pour une défense commune, on permettrait à la culture individuelle de se développer à l'aise derrière elles. De même sur les bords d'un torrent, les matériaux réunis pour le contenir résistent à ses efforts, quand ils sont en assez grande quantité et suffisamment reliés entre eux, tandis qu'une pierre isolée est presqu'aussitôt emportée qu'elle est mise.

Pour faire face aux dépenses nouvelles, nécessaires au développement de l'instruction publique, à l'impulsion nouvelle donnée à tous les travaux utiles, au soulagement de toutes les misères, il faut, de toute nécessité, créer de nouvelles ressources ou réaliser des économies sur quelques autres branches du gouvernement.

Ce qu'il y aurait de mieux à faire et de plus praticable dans ce dernier sens serait la diminution des traitements attachés aux emplois élevés de l'Etat, et la réduction du temps de service dans l'armée active.

Il me semble contraire au véritable esprit républicain que certaines places soient rétribuées avec une magnificence exagérée pendant que beaucoup d'autres, demandant presque les mêmes capacités et les mêmes études, donnent à peine à leur titulaire les moyens d'exister. L'égalité absolue est certainement une chimère en toutes choses ; cependant il ne peut être bien que le superflu chez les uns, le manque de nécessaire chez les autres, contrastent trop vivement entre eux.

Diminuez avec mesure les appointements des grands emplois, et vous aurez pour les remplir moins d'hommes d'argent, mais plus d'hommes du devoir. Vous diminuerez du même coup cette fureur qui pousse tant de Français à tenter tous les moyens de les obtenir.

La plupart de nos bouleversements politiques ont été en grande partie causés par elle. Au lieu de servir un système avec honnêteté, on le met bien plutôt au service de sa cupidité et de son ambition ; on a sans cesse de grandes phrases sur les lèvres, mais on n'a qu'une basse envie dans le cœur ; on reproche bien haut à ses adversaires d'être intrigants et intéressés, mais on rit tout bas des gens simples et de bonne foi, qui ne savent point vivre de leur cause, mais qui sont prêts à mourir pour elle.

Rien n'est véritablement plus funeste à la tranquillité publique que la colère et la rage d'un fonctionnaire dépossédé pour ses opinions politiques.

A peine rentré dans la foule, il médite des projets de vengeance contre le nouvel ordre de choses ; tout son esprit, toutes ses études sont tournés dans ce seul sens ; c'est un rongeur qui sape la base du gouvernement avec une suite, une adresse et une volonté dignes d'un meilleur but. Il oublie peut-être, par moments, s'il est monarchiste, républicain ou tout autre chose ; ce qu'il sait, ce qu'il n'oublie jamais, c'est qu'il était un haut fonctionnaire et qu'il ne l'est plus.

Que les émoluments de vos administrateurs soient assez modiques ; qu'ils s'occupent simplement de l'administration, au lieu d'être des agents politiques, et le pays y gagnera autant sous le rapport de l'ordre et de la moralité que sous celui de l'économie ; car, des corbeaux se précipitant sur une proie, donnent seul l'idée de l'empressement avec lequel certaines gens se disputent les places que leur abandonne un parti triomphant.

On a proposé, à différentes reprises, d'enlever tout traitement aux représentants de la nation, mais ce serait injuste et funeste, car la classe pauvre trouverait alors difficilement à se faire représenter par des hommes ayant directement les mêmes intérêts qu'elle, et véritablement disposés à les soutenir. C'est à ceux auxquels la France s'est confiée de voir si l'allocation annuelle qu'elle leur fait dépasse les nécessités d'une vie simple et régulière dont ils doivent donner l'exemple.

Afin de n'attaquer personne dans son intérêt immédiat, on pourrait ne mettre en pratique la réduction des gros traitements qu'à mesure du remplacement des titulaires actuels. Cette mesure serait alors plus lente à porter des fruits, mais aussi aucune plainte ne pourrait s'élever contre elle.

Dans les conditions actuelles, l'armée doit certainement être l'objet des plus grandes sollicitudes. Plus on aura fait d'utiles réformes à l'intérieur du pays, et plus on devra, comme conséquence, être soigneux de celle qui le garantit. Je pense néanmoins que, sans porter aucune atteinte à sa force et à son instruction, il est possible de la rendre moins coûteuse.

On a, en effet, estimé qu'un homme ayant reçu une certaine instruction pouvait apprendre suffisamment le métier de soldat dans le cours d'une année. Or, les soldats entièrement illettrés deviennent et deviendront de plus en plus rares ; il me semble alors que, proportionnellement au temps de service dans l'armée active du volontaire d'un an, le temps du service de la masse pourrait être fixé à quatre années au lieu de cinq. On pourrait cependant se réserver de garder plus longtemps sous les drapeaux les hommes mal notés ou manquant d'intelligence.

Une économie d'au moins cinquante millions serait ainsi réalisée, pendant que l'on rendrait plus de cent mille vigoureux travailleurs à l'agriculture, et que l'on diminuerait les prérogatives de la fortune qui ont toujours été difficilement acceptées par le peuple en pareille matière.

La suppression du volontariat se trouve, dit-on, dans certains programmes ; mais, contraindre tous les jeunes gens à abandonner plusieurs années leurs études, serait une grande faute. On achèterait ainsi par un surcroît de dépense l'abaissement du niveau intellectuel de la France. Ce serait une de ces funestes lois de parti que l'on doit éviter, car tout le monde y perdrait certainement. La classe aisée, qui fournit les volontaires, en souffrirait la première, mais la multitude en supporterait plus tard les pires conséquences. Pour avoir satisfait un mesquin sentiment d'envie, elle trouverait sans doute de mauvais magistrats pour lui rendre justice, de mauvais médecins pour soigner ses maux et ainsi du reste. Cela ramène toujours à cette conclusion : le bien et le mal sont identiques pour tous.

Voilà seulement ce que j'ai voulu montrer. Je n'ai nullement eu la prétention de tracer un programme de gouvernement. Si j'ai signalé quelques améliorations, c'est afin de prouver que celles qui sont véritablement dignes de ce nom doivent être un bienfait pour tous d'une façon absolue. Si vous sacrifiez un seul homme au bonheur de millions d'autres, vous n'êtes pas dans la justice, et, tôt ou tard, vous vous apercevrez que ce qui vous semblait un bien pour le plus grand nombre était un mal pour tous.

Que l'on n'entende donc plus si souvent parmi nous ces mots, si peu harmonieux et à peine Français, de radicaux, démocrates, conservateurs, cléricaux, réactionnaires, etc. Je serais tenté de croire qu'ils ont été jetés parmi nous par quelque étranger, comme un ferment de haine et de discorde. Je ne les aime point, car ils ramènent sans cesse à l'esprit l'idée d'une fraction des Français non pas en désaccord, mais en lutte ouverte avec le reste de la nation. Nous sommes sur un même vaisseau; il voguera heureusement ou bien nous sombrerons tous avec lui.

Républicains victorieux, c'est surtout à vous qu'est remis le salut de tous ; c'est à votre modération, à votre sagesse et à votre justice. Deux routes s'ouvrent devant vous : satisfaire vos rancunes et perdre la République, oublier ce qui fut fait contre vous et la rendre éternelle. Vous saurez sans doute abandonner la vengeance pour conserver la victoire !

Avant tout, répudiez ce funeste sophisme : la fin justifie les moyens. Vous ne produirez point la lumière avec la nuit, la vérité avec le mensonge, le bien avec le mal. Vous avez en cela les leçons de l'histoire.

Partout elle montre les partis ou les hommes croyant trouver leur salut dans des actes contraires au droit, à la justice et à la vérité, puis périssant ensuite par ces actes mêmes ou par leurs suites. On a dit que la Révolution dévorait ses enfants : c'est le mal qui dévore les siens.

Faites que la République soit réellement la chose publique, le bien de tous, fait par tous, et non le bouleversement insensé de la société, la tentative vaine de nivellement, ou la soumission grotesque et sanglante des classes supérieures aux inférieures.

N'ayez point de parti-pris de dénigrement contre vos adversaires; si vous aimez la vérité, vous saurez, au contraire, leur rendre justice, rien n'est plus grand.

Parmi eux quelques-uns chercheront peut-être à vous irriter par leurs insultes, ou à vous perdre en vous poussant adroitement dans l'exagération et la violence : méprisez de vaines blessures, il faut passer quelque chose au chagrin de la défaite, mais défiez-vous de certains conseils.

Soyez conséquents avec vos principes et laissez tout discuter ; celui qui croit avoir la raison pour lui ne doit point craindre le raisonnement. Vous avez un juge, sinon infaillible, du moins selon vous-mêmes préférable à tout autre : c'est le pays. Faites ce que vous croirez être utile, mais n'empêchez pas de discuter tous vos actes.

Dispensez partout la lumière ; simplifiez autant que possible nos lois ; que la justice soit réellement le refuge du droit et non son épouvante ; que le patrimoine des orphelins ne soit plus dévoré par ceux qui ont mission de le conserver.

Eloignez cet esprit de routine qui eût laissé sans doute des hommes d'un génie égal à celui de Descartes ou de Pascal, passer leur vie à garder des troupeaux ; qui laisserait un Kléber ou un Marceau, chefs de compagnie, à l'âge où ils avaient remporté de grandes victoires.

Cependant défiez-vous des mesures trop précipitées, les patients sont les forts ; la vie des peuples est longue, si celle des hommes est courte. Ne prétendez pas tout faire à vous seuls, laissez de l'ouvrage à ceux qui viendront après vous. Imitez en cela la nature, qui ne travaille point par brusques secousses, mais d'une façon égale, forte et continue.

On a souvent chez nous planté des arbres de la liberté ; on les arrachait brutalement, si on ne les coupait pas au pied ; puis on les plantait en grande hâte. Ces arbres ne tardaient pas à se dessécher et à disparaître. Il eût fallu prendre soin des racines, émietter avec soin la terre autour d'elles, et mettre le temps nécessaire à un pareil ouvrage.

De même, pour établir solidement la liberté en France, n'épargnez ni le temps, ni la peine ; ne vous laissez distraire d'une œuvre si grande et si belle, ni par l'amour, ni par la haine, ni par la crainte. Vous planterez ainsi, non plus un arbre mort, mais un arbre aux fortes et vivaces racines, aux rameaux verdoyants se balançant dans les airs et abritant un peuple heureux.

Oui, j'en ai l'espérance, la France va sortir plus noble et plus grande de ses dernières épreuves. Ce pays que Dieu a fait si doux et si beau va connaître le bonheur qu'il a si rarement entrevu.

De même que son sol sert de trait-d'union entre les végétaux du Nord et ceux du Midi, il personnifiera désormais l'alliance des peuples civilisés ; la transition pacifique du vieux monde au nouveau.

Nous serons à l'avenir digne de notre beau nom de Français, Francs, par notre amour pour la vérité, par la loyauté et la franchise de nos relations avec les nations étrangères. En vain traiterait-on d'utopie l'idée d'une politique au grand jour, n'ayant plus ni mystères, ni embûches, c'est la seule qui soit digne d'un peuple vraiment libre. Nous nous attacherons à rendre notre patrie respectée par notre organisation intérieure, en même temps qu'à force de justice et de bonne foi, nous contraindrons les rois eux-mêmes à aimer la France et la liberté.

La lumière qui partira maintenant du sol gaulois ne sera plus celle des volcans et des orages. Elle sera fécondante comme celle du soleil, et douce comme celle de la lampe de travail.

Ces deux sœurs si nobles et si belles, la vérité et la liberté, se prêteront un mutuel secours parmi nous. Toutes les grandes questions humanitaires, sociales et philosophiques seront débattues pacifiquement dans nos écoles. Nous apprendrons à mieux connaître le souverain Être, créateur de toutes choses, qui se rappelle éternellement le peu de bien que l'on a pu faire, quand les peuples mêmes pour lesquels on l'avait fait l'ont oublié sans retour. Nous rendrons pour jamais amis le chrétien et le républicain ennemis la veille. Ils disent tous deux même chose : vérité, justice, fraternité ; quand chacun d'eux prêchera d'exemple, ils seront sans doute étonnés d'avoir été si longtemps en guerre.

Afin de faire oublier nos derniers malheurs, nous ne répudierons plus aucune gloire française. Saint Louis, Duguesclin, Bayard, Turenne, Condé, Hoche, Marceau, Kléber, Desaix, Masséna ne seront plus désunis dans nos souvenirs.

Français de tous les partis, aimez-vous réellement la France ? Voulez-vous de tout votre cœur qu'elle soit grande, heureuse et libre ? Eh bien ! sacrifiez, sinon vos convictions, au moins vos ressentiments et vos haines sur ses autels !

Limoges, Imp. veuve H. Ducourtieux, rue des Arènes, 5.

9 782014 040944